Ginette Anfousse

Jiji et Pichou

volume 1

la courte échelle

Les éditions de la courte échelle inc.

Conception graphique: Derome design inc.

Mon ami Pichou
Copyright © la courte échelle 1979

La cachette
Copyright © la courte échelle 1979

La chicane
Copyright © la courte échelle 1979

La varicelle
Copyright © la courte échelle 1979

Les éditions de la courte échelle inc.
5243, boul. Saint-Laurent
Montréal (Québec) H2T 1S4

JiJi et Pichou, Les classiques de la courte échelle
Copyright © la courte échelle inc.
Dépôt légal, 3e trimestre 1999
Bibliothèque nationale du Québec

La courte échelle bénéficie de l'aide du ministère du Patrimoine canadien
dans le cadre de son Programme d'aide au développement de l'industrie
de l'édition. La courte échelle est aussi inscrite au programme de
subvention globale du Conseil des Arts du Canada et bénéficie de l'appui
du gouvernement du Québec par l'intermédiaire de la SODEC.

Données de catalogage avant publication (Canada)

Anfousse, Ginette

Jiji et Pichou

(Les classiques de la courte échelle)
Publ. antérieurement sous les titres: Mon ami Pichou
(Montréal: Le Tamanoir, © 1976); La cachette. (Montréal:
Le Tamanoir, © 1976); La chicane (1978); La varicelle. (1978).

Sommaire : v.1. Mon ami Pichou. La cachette. La chicane.
La varicelle.

ISBN: 2-89021-374-9

I. Titre   II. Collection

PS8551.N42A15 1999   jC843'.54   C99-940733 3
PS9551.N42A15 1999
PZ21.A53Ji 1999

la courte échelle
Les éditions de la courte échelle inc.

mon ami pichou

Allô! Je m'appelle Ji, mes amis m'appellent Jiji.

Lui, c'est Pichou
« mon-bébé-tamanoir-mangeur-de-fourmis-pour-vrai ».

C'est un cadeau de ma tante Flo.

Il a l'air de mauvaise humeur, mais, au fond,
il est gentil.

C'est à cause des saisons qu'il a cet air-là.

Bien oui, des fourmis, il n'y en a que l'été
et Pichou est un mangeur de fourmis.

Pour le consoler, je lui dis souvent à l'oreille :
« Pichou, Pichou chéri, l'été prochain tu en verras,
des fourmis, tout plein le jardin ! »

« Après, après L'AUTOMNE, lorsque toutes les feuilles de l'arbre seront tombées! »

« Après L'HIVER, et après que la neige aura recouvert et la clôture et le toit des maisons et la terre…! »

« Après LE PRINTEMPS, alors que les bourgeons et les fleurs et les légumes du jardin poussent une tête au soleil…! »

« Là, tu verras! Ce sera L'ÉTÉ, l'été, des fourmis pour toi Pichou, pour toi tout seul! »

« Tu verras des millions de milliards de cents
fourmis grimper, creuser, marcher, courir
dans le jardin et dans mon carré de sable! »

Rien à faire! Il doit penser que l'été ne reviendra jamais!

Et mon pauvre Pichou garde toujours son air de mauvaise humeur… et tous mes amis vont penser qu'il est vilain!

Je ne suis pas sûre, mais des fois
je me dis que ce n'est pas
« un-bébé-tamanoir-mangeur-de-fourmis-pour-vrai! »

Je pense même qu'il fait semblant, juste pour me faire plaisir...

Chut! Je sais bien que Pichou n'est qu'un jouet, mais…

Mais je l'aime tellement mon « vrai-bébé-tamanoir-mangeur-de-fourmis-pour-vrai-vrai ! »

Tu en as, toi, un jouet à qui tu parles?

...À qui tu racontes des histoires et qui t'écoute pour vrai?

la cachette

Coucou !

Je suis toute seule aujourd'hui.

Pichou est là,
« mon-bébé-tamanoir-mangeur-de-fourmis-pour-vrai »
Mais il ne sait pas jouer à la cachette!

Je n'ai personne pour jouer avec moi...

Je voudrais tellement jouer à la cachette!

Je me demande qui pourrait jouer avec moi?...

Hé! toi, tu voudrais?

Tu veux? Tu veux?

Compte jusqu'à dix, je vais me cacher!

Je suis prêêête!

Je ne suis pas dans la cave, voyons, il fait trop noir!

Là, je suis peut-être SOUS la table?

Tu t'es trompé, je ne suis pas SOUS la table!

Ne cherche pas là, c'est inutile, je n'ai pas la permission de jouer dans la chambre de maman…

Ici, regarde bien!

Eh non! Je ne suis pas DERRIÈRE les divans!

Dans la salle de bains?

Il n'y a qu'une cachette possible…

...et je ne suis pas... DERRIÈRE le rideau!

...

Ouvre grands les yeux!!!

Youpi! J'étais bien là… avec Pichou
« mon-bébé-tamanoir-mangeur-de-fourmis-pour-vrai! »

J'aime beaucoup jouer avec toi !

la chicane

Je n'ose pas me retourner, même que j'ai un peu honte...

Eh oui! je me suis chicanée et j'ai un œil au beurre noir!

Non, ce n'est pas avec Pichou, mon
«bébé-tamanoir-mangeur-de-fourmis-pour-
vrai», voyons, il est beaucoup trop gentil.

Ni avec Sophie parce qu'avec elle, on joue toujours aux contes de fées. Non, avec Sophie, il n'y a jamais de chicanes.

Ni avec Philippe, on n'a pas le temps.

C'est avec lui, Cloclo Tremblay, que je me suis chicanée. C'est un affreux, un batailleur, même qu'il porte une épée! Ne bouge pas, je vais tout te raconter.

J'étais dehors avec Pichou et les oiseaux...

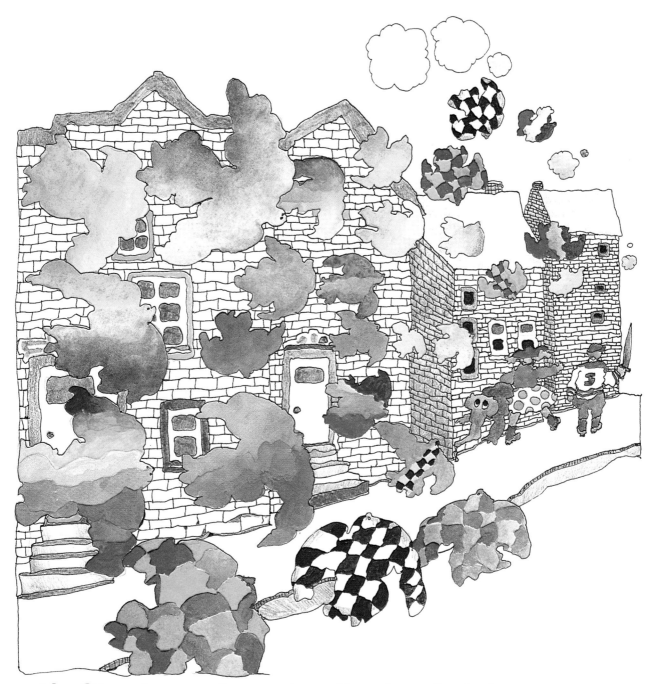

...là Cloclo arrive et m'invite à faire un tour avec lui jusqu'au bout de notre rue.

«Tu vois, l'école, qu'il me dit, c'est l'école
de mon grand frère...

...et dimanche prochain, je vais commencer l'école, moi aussi.»

«Hein! que je lui dis. D'abord, c'est pas l'école de ton frère, c'est l'école de tout le monde! Puis, t'es un menteur, un

I-G-N-O-R-A-N-T, parce que tu sauras qu'il n'y a jamais d'école le dimanche! Le dimanche, c'est toujours congé! Et quand c'est congé, l'école est toujours, toujours fermée, Cloclo Tremblay!»

Là, il est devenu comme un monstre, un
vrai dragon-monstre pire que dans les

histoires de sorcières!

Avec sa vilaine épée, il a lancé Pichou dans les airs! Tu penses bien que j'allais le défendre, mon bébé Pichou!

On s'est battu un peu terrible... même que je lui ai tordu le menton, tiré les cheveux, mordu l'oreille... et que c'est comme ça que j'ai eu mon œil au beurre noir... voilà!

Aujourd'hui, Cloclo les connaît ses jours de la semaine! Il sait que le LUNDI, le MARDI, le MERCREDI, le JEUDI et le VENDREDI, tous les enfants vont à l'école.

Il sait que le SAMEDI et le DIMANCHE sont des jours de congé et que les écoles sont fermées.

Au fond Cloclo Tremblay, c'est pas un ignorant, ni un menteur. Même qu'il est encore mon ami.

Et je pense que la chicane, c'est pas beau,
parce que ça fait fuir les oiseaux.

la varicelle

Non, non, n'entre pas! Même Pichou n'a pas le droit d'entrer.

Tu peux seulement me voir par la fenêtre...
parce que j'ai attrapé la varicelle.

Tous mes amis viennent me voir par la fenêtre de ma chambre.

Eh oui! la varicelle est une maladie contagieuse, et les maladies contagieuses sont des maladies qui s'attrapent.

Même que j'ai fait de la fièvre et que ma
température montait, montait...

J'ai fait un cauchemar... j'entendais des violons...

Et j'ai aperçu une sorte de
serpent-siffleur-volant qui attrapait Pichou
par la queue...

...et le serpent-siffleur l'emportait loin, très loin de la maison. J'étais sûre de ne jamais revoir mon pauvre «bébé-tamanoir-mangeur-de-fourmis-pour-vrai».

Ouf! c'était juste un mauvais rêve.

Je sais bien que mon bébé Pichou dort
dans le couloir.

Il est tout seul derrière la porte depuis des jours!

...j'ai une idée...

Tu ne devineras jamais!

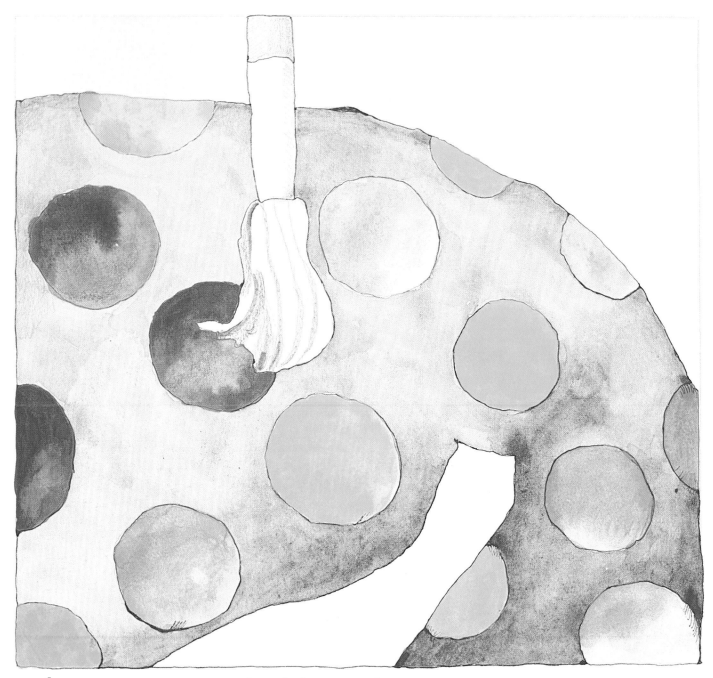

Avec un peu de bleu, de rouge, de vert, de jaune...

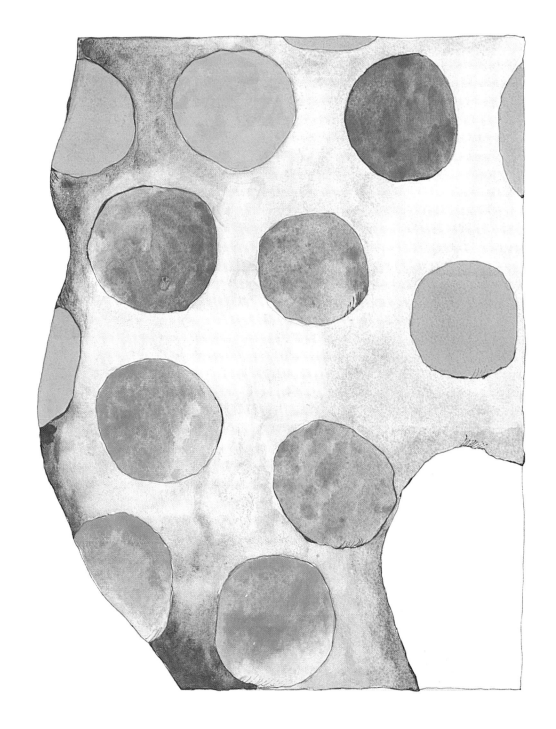

...d'orangé, de turquoise et de violet

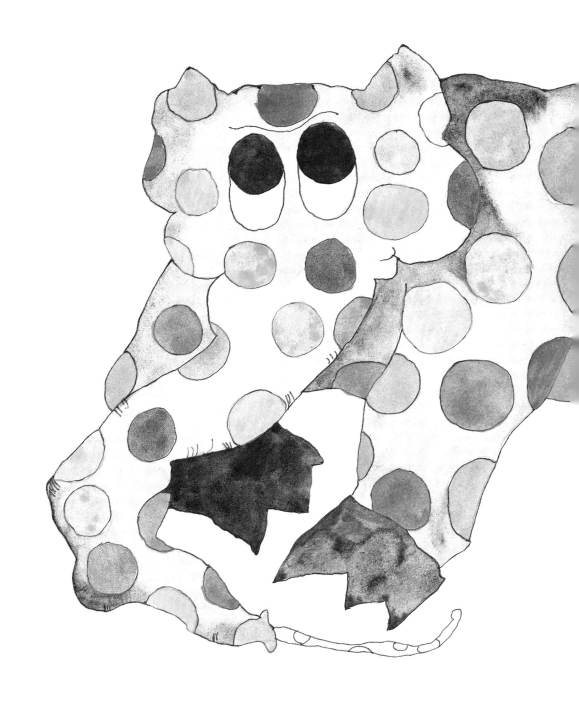

Voilà Pichou, mon «bébé-tamanoir-mangeur-de-fourmis-pour-vrai»

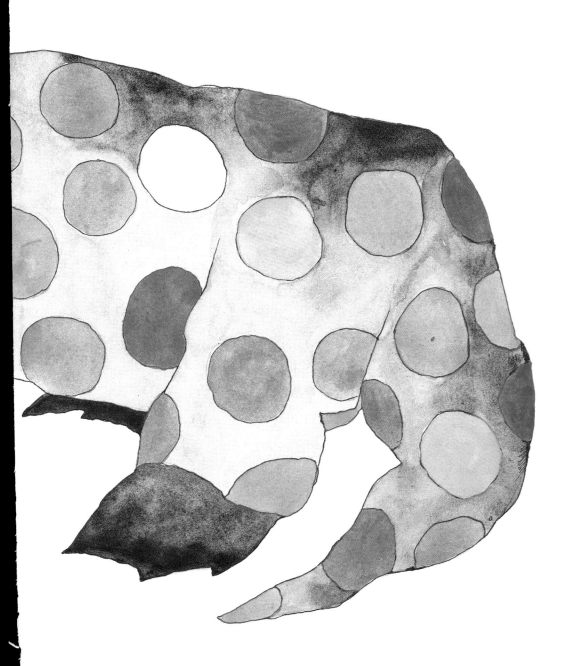

qui vient d'attraper une varicelle
multicolore.

Maintenant, Pichou peut jouer avec moi dans la chambre.

Tu sais, bientôt, je n'aurai plus ni varicelle, ni boutons rouges et je redeviendrai toute comme avant.

Achevé d'imprimer sur les presses de Litho Acme inc.